L'AUMONIER

DE L'HOSPICE DE BICÊTRE

ÉPISODES

DU SIÉGE ET DE LA COMMUNE

PAR

A. DE VILLEFRANCHE

Justum et tenacem propositi virum
Non civium ardor prava jubentium,
Non vultus instantis tyranni
Mente quatit solidâ . . . . . .
. . . .
Impavidum ferient . . . . . .

HORACE.

Aux portes de Paris s'élève avec sa masse sévère et imposante, sur une hauteur qui domine la vallée de la Bièvre et le village autrefois si charmant qu'il a mérité le nom de Gentilly (gentil lieu), l'hospice de Bicêtre, cet antique château de l'évêque de Winchester, qui, depuis le XIIIᵉ siècle a subi tant de changements, et, après tant de destinations diverses, est devenu l'asile du malheur, le modèle des maisons hospitalières. Connu du monde entier, ce vaste établissement a failli payer cher son voisinage du fort, qui semblerait pourtant, à première vue, devoir le couvrir; mais un de ces hommes, qui sont pour tous la visibilité de la Providence, veillait sur ce refuge de tant de misères. Grâce au courage de l'abbé Féron, son vénérable aumônier, il put échapper aux extravagances de la Commune, qui auraient entraîné sa ruine totale, ruine immense pour l'assistance publique; ruine presque irréparable pour les 4,000 infortunés qui s'y abritent.

Je venais à Paris quelques jours après l'entrée des troupes, lorsque, me trouvant à la Tour Saint-Jacques, je vis les employés du bureau des omnibus se lever joyeux à l'approche d'un vénérable ecclésiastique de cinquante ans environ, à la figure grave et douce à la fois, le saluer et lui tendre la main avec un mélange peu ordinaire de respect et d'affection. Quelques paroles que j'entendis me firent supposer que ce prêtre avait échappé à un grand danger, et, après son départ, je demandai des explications qui me furent données avec empressement. Ce que j'appris fit sur moi une impression profonde : je résolus aussitôt de me procurer tous les détails circonstanciés qui ne pouvaient manquer d'intéresser quiconque est sensible aux actes de grand courage et de noble dévouement.

Je lus bien dans quelques feuilles publiques ou revues certains détails, mais ils me semblèrent incomplets. Je voulus remonter aux sources, je fis des recherches consciencieuses et persistantes; j'interrogeai à droite et à gauche, ici et là, et comme je tenais à recueillir des faits précis, authentiques, je ne reculai pas devant une espèce de surprise, et même devant la trahison, ou pour mieux dire, devant des indiscrétions de certains amis, afin de pouvoir raconter des détails dont j'ai pu ensuite contrôler l'exactitude.

On ne s'étonnera donc pas, et de ce que je dirai, et du retard que j'ai mis à publier ces quelques pages. Je crois devoir m'en excuser, car je sais avec quel bonheur je serai lu par tous ceux qui connaissent l'abbé Féron ou qui en ont entendu parler. Interrogez le village et les environs sur l'aumônier de Bicêtre; vous verrez s'épanouir le visage de chacun en prononçant son nom: les vieillards comme les enfants, les hommes et les femmes, tous n'ont qu'une voix pour exalter cet homme de bien, et cette voix part du cœur. Je ne parle point de l'hospice, où il se montre le père des uns, l'ami des autres, le consolateur de tous; aussi tous manifestent-ils à son égard les sentiments d'une estime, d'une affection et d'une confiance sans bornes.

Lors de l'investissement, Bicêtre, qui, en temps ordinaire, compte près de 4,000 habitants, avait été complétement évacué. Soixante personnes environ s'y trouvaient encore, lorsque, après l'affaire de Châtillon, et la rentrée à Paris de la division Maud'huy qui abandonnait la redoute des Hautes-Bruyères et le plateau de Villejuif, l'administration de l'assistance publique jugea prudent de diminuer encore le nombre de ceux qui, en demeurant dans l'hospice, pouvaient y courir du danger. En vain presse-t-on l'abbé Féron de s'éloigner, en vain semble-t-on même lui en donner l'ordre; du moment qu'il y a péril, il veut se réserver pour ceux qui s'y exposent; il veut prêcher d'exemple; pour lui, c'est un devoir, et il reste à son poste en présence des dangers de l'inconnu.

Voilà donc le troupeau dispersé; mais comme les quelques fidèles qui l'entourent ne suffisent pas à son zèle, il se fait apôtre. Il va au-devant des âmes fatiguées, malades, tristes, inquiètes, à l'exemple de son maître que les plus indifférents d'entre nous contemplent avec encore plus d'émotion sous l'image du bon Pasteur que sur le

1.

bois de sa croix. Il va au milieu de nos braves soldats, jusqu'aux avant-postes, les encourager, les consoler, leur parler de leurs devoirs, et rendre à leur conscience une paix qui double la bravoure et l'intrépidité. Officiers et soldats le voient et l'écoutent avec bonheur.

Le 30 septembre a lieu la première et triste affaire de L'Hay et de Chevilly. Pendant que dans son hospice, devenu ambulance momentanée, les médecins soignent les corps, lui s'occupe des âmes ; puis, apprenant qu'il est encore des morts et des mourants au lieu du combat, il y vole, heureux d'en enlever le plus possible aux mains des Prussiens.

C'est là, écrivait-il à un ami, qu'il fut témoin de la ruse et de la réserve prussiennes en face de la légèreté et de l'indiscrétion françaises ; et, dès ce moment, il a pu apprécier une certaine institution qui, à son avis, comme plus tard, à celui de bien d'autres, a été en tout plus funeste qu'utile à la France.

Bientôt, une épidémie terrible décime notre petite armée. Les mobiles, surtout, pauvres enfants moins faits que les soldats aux privations et à la fatigue, en sont les premières et les plus nombreuses victimes. Le mal se répand, les ravages augmentent ; il faut au moins localiser le fléau. C'est alors que, malgré la proximité des lignes prussiennes et du fort, on songe à Bicêtre. Air sain, nombreux bâtiments, salles spacieuses, ce vaste établissement est admirablement choisi ; mais, comme le personnel, tout le mobilier en a été évacué, et les salles vides n'offrent aucune ressource aux plus pressants besoins. Cependant, les malades arrivent, ils affluent. Mais l'aumônier de l'hospice est là : désigné par le choix intelligent du sous-intendant pour être l'aumônier militaire de l'ambulance, il veille à tout, il s'occupe par lui-même de l'impossible, ici et là, partout, il vient en aide à tous par ses conseils et par ses soins; il se multiplie et supplée à tout ce qui fait défaut.

Mais les serviteurs manquent; on n'a point d'infirmiers, ou du moins, leur nombre est insuffisant, dérisoire; cependant, le nombre des malades s'accroît de jour en jour.

Emu d'un tel état de choses qui rend impossible le traitement efficace des malades, et presque inutile le zèle et et les soins dévoués des médecins comme du sous-intendant, l'abbé Féron obtint, par ses démarches et ses prières, des religieuses expérimentées pour suppléer au petit nombre et à l'inexpérience des infirmiers improvisés. Onze religieuses Augustines viennent d'abord, puis, quelques jours après, vingt sœurs de la charité; au bout d'une semaine, elles sont quarante. Alors, chaque salle a son ange gardien, sa garde-malade dévouée jusqu'au sacrifice de la vie; tous les services généraux sont ordonnés, organisés, réglés, et pour présider à chacun d'eux, une religieuse est choisie avec intelligence, selon ses aptitudes.

Dès lors, Bicêtre devient, quoique improvisée, une ambulance modèle qui ne le cède en rien aux hôpitaux militaires les plus anciens et les mieux administrés. En quelques jours, l'abbé Féron et le sous-intendant ont fait ce qui paraissait demander des mois. L'exemple qui est contagieux aussi, lui a fait trouver un concours de dévouement qui ne lui manqua jamais.

Quinze cents varioleux, soldats de toutes armes, sont traités par douze médecins avec toute la sollicitude que réclame la terrible épidémie et que ne leur ménage pas un dévouement connu et apprécié. Dix, quinze, vingt, cependant, succombent chaque jour, et chaque jour, malheureusement, les vides se remplissent, en sorte que, pendant plusieurs mois, on ne voit point diminuer le

nombre des 1,500 malades. Pour quiconque n'a pas l'idée
du zèle d'une sincère conviction, et, ne l'ayant vu que de
loin, se figure que le rôle du prêtre se borne à débiter
quelques courtes formules de prières devant un [...]
il n'y a, dans ce nombre, d'infortunés atteints de la [...]
rien qui semble fixer l'attention d'une manière particulière
mais, quand, non pas, si vous le voulez, avec les [...]
de la religion ; mais seulement avec l'attention d'un [...]
juste ou d'une conscience droite, on a vu à l'œuvre [...]
aumônier d'hôpital, d'un hôpital de varioleux, d'un [...]
comme celui de Bicêtre, et un aumônier comme l'[...]
Féron, on est stupéfait, confondu, abîmé dans une [...]
ration que la réflexion ne fait qu'accroître.

En effet, suivez-le. Après avoir, dès le matin, puisé [...]
l'autel un courage et un dévouement qui ne lui peuvent
venir que d'en haut, il quitte son église pour visiter [...]
pauvres pestiférés. Voyez-le, de salle en salle, prodiguant
des paroles de consolation qui sont d'autant plus accueillies
que chacun sent qu'elles partent du cœur. Il est au milieu
d'une atmosphère empestée ; des exhalaisons mortifères
soulèvent les cœurs les moins délicats ; le voici à l'[...]
Rien ne sépare les lits de ces malheureux, et le secret le
plus inviolable doit rassurer ces pauvres mourants qui
veulent soulager une conscience quelquefois trop longtemps
négligée ; alors, il s'approche, il se penche, il se couche [...]
ce lit de pestilence, visage contre visage, bouche contre
bouche, sans craindre les miasmes les plus délétères,
les éléments les plus mortels, il aspire les odeurs les plus
nauséabondes de ces cadavres vivants, et boit, pour ainsi
dire, la mort dans des conditions qui auraient fait trembler
et reculer les plus intrépides ; mais il se montre impassible ;
d'un lit à l'autre, d'un salle à une autre, il visite avec un
calme indicible les 1,500 malades que les douze médecins

chefs se sont partagés. Pendant huit à dix heures consé-
cutives, on le voit au chevet de ces infortunés, consolant
avec un cœur de père, avec une tendresse de mère, ceux,
qu'avec une expression de langage qui n'appartient qu'à
lui, il appelle ses chers enfants. Avec quelle douceur et
quelle onction il savait consoler ces pauvres malades, les
encourager dans leurs souffrances, leur inspirer la patience,
leur parler d'espérance! Avec quelle prudence il les pré-
parait à leurs devoirs religieux, suprême consolation des
âmes droites! Avec quelle charitable habileté il savait leur
faire accepter le dernier sacrifice! Pour tous, il était le
village, les amis, la famille, leur en parlant comme s'il les
connaissait, avec une tendresse et une effusion qui le chan-
geaient au chevet douloureux de chacun d'eux, en un père
chéri, en une mère adorée, en tout ce qui, par son absence,
laissait dans le cœur le vide le plus profond et le plus
amer.

A peine a-t-il pris le soir un de ces modestes repas
d'alors, qu'il retourne à ses enfants. Il leur donne presque
sans interruption quinze ou seize heures, et quand, épuisé
de fatigue, il commence à goûter un repos si légitimement
mérité, il est appelé soudain pour donner de nouvelles
consolations et ranimer des courages défaillants. Cependant, nous subissons un des hivers les plus rigoureux que
nous ayons vu depuis longtemps. Le froid est intense, la
neige couvre une partie de la saison, toute l'immensité des
cours, et c'est en y pénétrant profondément qu'on s'y fraye
un chemin difficile; les voûtes qui séparent les différents
bâtiments sifflent le vent et vous saisissent comme sur les
plus hautes montagnes; ajoutez l'obscurité la plus profonde, un silence comparable à celui des tombeaux, et
vous me direz s'il est agréable d'être alors réveillé en sur-
saut au milieu de la nuit, de voir interrompre un repos

déjà chèrement acheté, et de s'exposer, aux dépens de la
santé et de la vie même, aux surprises d'une température
nocturne, dans une saison pénible en elle même et d'une
rigueur exceptionnelle. Franchement, je ne saurais regarder comme enviables les fonctions d'aumônier dans de
telles conditions, et je ne puis m'empêcher d'admirer et de
louer une homme qui les remplit avec le zèle de l'abbé
Féron; car, s'il est noble, s'il est grand d'exposer sa vie
au hasard des batailles, d'affronter les balles meurtrières
et la mitraille qui décime les bataillons les plus intrépides, il est grand aussi, il est noble, ce courage civil et
humanitaire qui, volontairement, spontanément, constamment vous met aux prises avec l'épidémie, et vous livre
sans défense à ses attaques imprévues, à ses coups fou-
droyants. Or, tel fut celui de ce vénérable amônier que l'on
vit, pendant six mois consécutifs, se prodiguer sans trêve
ni repos, ni merci, le jour et la nuit avec le même zèle,
le même dévouement, la même constante persévérance
aux dix mille varioleux qui, successivement, furent confiés
à ses soins charitables. Pour moi, un tel courage ne le
cède en rien à celui des batailles, seulement, il est plus
humble, plus obscur, souvent méconnu, et toujours bientôt
oublié, même par ceux-là surtout qui en devraient le plus
conserver un reconnaissant souvenir.

Il n'est donc point étonnant que les œuvres de ce fidèle
ouvrier du devoir, placé dans une position modeste, toute
de sacrifice et de dévouement, n'aient point eu d'écho
comme elles le méritaient; aussi, j'aime à proclamer que
ce témoignage, quoique tardif, mais tardif parce que je le
voulais appuyé sur la certitude d'une vérité incontestable,
n'en est pas moins sincère.

Tant de dévouement, taxé d'imprudence par les religieuses si dévouées elles-mêmes, et qui l'admiraient, ne

devait pas rester sans récompense. Il fut, en effet, récompensé par..... la maladie. Épuisé par les veilles et la fatigue, un jour il tomba dans son appartement, sans connaissance et sans vie apparente. Il avait bravé la mort durant de longs mois; la mort voulait se venger; elle s'acharna contre lui, et deux fois on la crut victorieuse; mais quatre médecins aussi intelligents que dévoués lui disputèrent sa victime, et leurs soins affectueux sauvèrent cet apôtre de la charité qui devait bientôt nous servir à tous de modèle et d'exemple de courage civique.

Nous voici, en effet, arrivé sous le règne de la Commune. Jusqu'au 6 avril, rien de particulier ne le signale plus à l'attention. Il continue sans éclat son modeste ministère de dévouement auprès de ses derniers malades, réduits à une centaine environ. Mais, ce jour-là, il apprend l'arrestation de son Évêque. Comme la soutane couvre toujours un cœur d'homme, il est, à cette nouvelle douloureuse, saisi pour lui-même d'une crainte irréfléchie et légitime; car il s'est obstiné à ne pas quitter son habit malgré les sollicitations de ses proches et de ses amis. Bientôt le prêtre l'emporte sur l'homme, et il se résout à tenter le jour même de pénétrer auprès de son évêque afin de lui offrir les secours de la religion pour la grande solennité des chrétiens, Pâques.

Il se dirige vers l'Hôtel-de-Ville. Là, il fait chercher, mais en vain, un membre de la Commune. Pendant ce temps, deux prétoriens du 18 mars le menacent de leurs armes sur la place même : il se découvre, croise les bras, les fixe avec dédain et fermeté tout à la fois, sans proférer une seule parole, et, par cette attitude énergique, les contraint à s'éloigner honteux.

Il avise alors un lieutenant de la garde nationale, le

2

prie de l'accompagner dans l'intérieur de l'Hôtel-de-Ville, et parvient à un inconnu en écharpe rouge qui, après l'avoir écouté, l'adresse à la Préfecture de Police, à Raoul Rigault. Avec son compagnon, il pénètre, non sans encombre, dans ce repaire du crime. A la vue de ce prêtre en soutane, revêtu des insignes d'aumônier de l'armée de Versailles, des gardes nationaux honnêtes, apprenant le but de sa démarche, s'efforcent de l'en détourner. Quelques heures auparavant, un de ses confrères, au lieu d'obtenir l'autorisation qu'il sollicitait, recevait et portait lui-même, cachetée, une lettre d'écrou qui le faisait prisonnier. N'importe, inaccessible à la crainte, il n'écoute pas ces timides mais sages conseils, et il se dirige vers le cabinet de Raoul Rigault. Il n'y est pas. L'abbé expose le motif de sa visite : on lui dit de revenir dans trois jours. A ce moment, survient un quidam qui, à la vue d'une soutane en ce lieu, semble joyeux, et, d'un ton dégagé, lui dit qu'il est de bonne prise, qu'il va se trouver en compagnie de collègues. L'abbé se juge perdu ; il sent que rien de ce qui arrêterait des hommes n'aurait prise sur ces individus; qu'il ne peut ni dire ni faire quoique ce soit qui aggrave son sort, et, avec ces êtres qu'il devine aussi lâches que féroces, il joue un jeu terrible. Où est votre mandat ? dit-il à celui qui l'arrête. Ce n'est pas ainsi que l'on arrête l'aumônier de Bicêtre. Est-ce pour me récompenser d'avoir, pendant six mois, bravé la mort au milieu de dix mille varioleux ? Je suis ici chez vous, j'y viens avec confiance, et je vous défends de m'arrêter, à moins que vous ne soyez des lâches; mais si vous êtes des lâches, tout est dit. Vous voyez bien que je n'ai pas peur de vous, puisque je viens à vous; et qui m'y obligeait ? Venez m'arrêter chez moi, vous m'y trouverez; vous devez bien voir que je ne suis pas homme à me cacher. Vous me dites de revenir dans trois jours, c'est aujourd'hui mercredi, je reviendrai samedi.

Une telle assurance les pétrifie, et l'abbé s'en retourne tranquillement chez lui, en réfléchissant, comme bien vous pensez, sur cet incident si peu rassurant.

Au jour dit, le samedi suivant, il retourne à la Préfecture. Raoul Rigault est encore absent, et, d'après le conseil qui lui est donné, il va à la place Vendôme, au ministère de la Justice où il pénètre, non sans difficulté. Comme son collègue de la police, Protot est, dit-on, à l'Hôtel-de-Ville, et l'abbé tombe, après insistance, entre les mains d'un prétendu secrétaire de la Justice, jeune homme à figure imberbe, visage bilieux, regard indécis et fuyant. — Je viens, lui dit-il, au nom de la liberté de conscience et de la liberté des cultes que vous proclamez, vous demander pour demain, jour de Pâques, l'autorisation de pénétrer, devant témoins, si vous y tenez, dans la cellule de mon évêque pour lui procurer les secours de la religion qu'il doit désirer comme chrétien et comme évêque. — Est-ce que vous êtes de l'archevêché? lui demande insidieusement cet avorton de fonctionnaire. — Non, je suis tout simplement un prêtre employé dans le diocèse de Paris, et parisien. — Mais vous savez de quoi est accusé l'archevêque? — Je ne m'en occupe pas. Il est prisonnier; il désire certainement un prêtre pour demain, et je viens m'offrir à lui. — Vous tenez donc absolument à le voir demain? — Certainement, je vous en ai donné la raison. — Eh bien, je ne puis prendre cela sur moi: l'archevêque est au secret; il faut que j'en réfère au citoyen Protot. Revenez dans quelques jours.

Notre courageux abbé se retire donc, et, de nouveau, traverse ces bandes abjectes de gardes nationaux parmi lesquels, cependant, s'en trouvent d'assez honnêtes pour

2.

l'engager à se hâter dans la crainte de quelque événement qu'ils ne pourraient empêcher.

Ce nouvel insuccès, qui ne devait pas être le dernier, afflige l'abbé Féron. Il n'a pu voir son évêque pour lui procurer les secours de la religion à son jour; eh bien, il persévérera toujours, et quand même.

Il songe alors à ces grands, qui, naguère encore, venaient s'incliner avec empressement devant le prélat aux jours de sa puissance. D'abord il se rend successivement aux ambassades d'Angleterre, d'Autriche et de Russie. Il est reçu par les secrétaires avec toute la courtoisie, dit-il lui-même, des gens bien élevés; mais c'est en vain qu'il s'efforce de les intéresser effectivement au sort de l'illustre victime. Ces diplomates le renvoient à leurs ambassadeurs, à Versailles. Mais Versailles est loin maintenant... Il commence par écrire à chacun d'eux une lettre identique, la lettre suivante qui me semble trop remarquable en tous points pour n'être pas rapportée ici, et bien digne de toucher la diplomatie, si la diplomatie était capable d'être sensible à ce qui est noble et généreux.

A Son Excellence Monsieur l'Ambassadeur de X.....

MONSIEUR L'AMBASSADEUR,

En présence des malheurs qui désolent notre cher Paris, et dans l'appréhension du sort qui menace notre illustre archevêque, retenu en ôtage, mon cœur français et filial s'est ému comme celui de tant d'autres, et, confiant dans la grandeur de vues, dans la générosité de sentiments de votre glorieuse nation, je n'ai pas craint d'aller demander à l'ambassade de Votre Excellence de vouloir, de concert avec vos nobles collègues de X... et de X..., réclamer auprès des hommes de

la Commune, la mise en liberté immédiate de notre pasteur
et père.

Le secrétaire de Votre Excellence, vraiment courtois,
d'ailleurs, et parfait gentilhomme, m'a répondu franchement
que les règles de la diplomatie, et surtout le fameux principe de
non-intervention s'opposaient à l'effet de ma demande.

Malgré cette réponse désolante, veuillez me permettre,
Monsieur l'Ambassadeur, de réitérer ma prière à Votre noble
Excellence.

Sans être diplomate, je n'ignore pas que la diplomatie a des
règles qu'elle ne doit point oublier; mais je ne croirai jamais
que ces règles soient établies contre les lois impérieuses de
l'humanité; or, si c'est au nom, sans doute, des mérites per-
sonnels de mon évêque bien-aimé, c'est aussi au nom de l'humanité, déjà si outragée par l'incarcération de ce pontife, que
je viens vous demander sa liberté.

Je sais bien que la réunion, dite Commune de Paris, n'est
pas un gouvernement, ni même un embryon de gouvernement,
et que la diplomatie ne peut nullement traiter, à proprement
dire, dans de semblables conditions; — mais c'est précisément
parce que la Commune de Paris n'est pas même l'ombre d'un
gouvernement viable que j'ose m'adresser à Votre Excellence,
qui n'est tenue à aucune des formes, à aucun des égards dus
à un gouvernement véritable.

Je suis convaincu, comme bien d'autres, que ces hommes
infimes, maîtres éphémères d'un pouvoir usurpé par le crime
et l'assassinat seront atterrés de la démarche de Votre Excellence,
et y regarderont à plusieurs fois avant de rejeter la réclamation
ferme et accentuée des trois puissances les plus considérables
de l'Europe; — et dut, après tout, leur orgueil personnel, si
vous le voulez, être flatté de cette démarche collective, que la
diplomatie n'aurait jamais à rougir devant vos nations respec-
tives et dans l'histoire, d'un acte d'humanité extra-diplomatique
qui aurait arraché des mains de ses geôliers, peut-être de ses
bourreaux, l'un des plus illustres évêques des temps modernes.
D'un autre côté, quels regrets amers, si une fidélité pharisaïque

à des règles variables, de pure convention, vous laissait assassiner lâchement ce glorieux défenseur de la foi et de la justice! Le clergé de Paris et le monde entier vous en rendraient responsables autant que votre conscience.

Quant au principe de non-intervention inventé par l'empire qui n'est plus, je ne crains pas de regarder son application dans la circonstance présente comme une affligeante faiblesse humaine, pour ne pas dire plus; car il est évident qu'il ne s'agit nullement ici d'une question politique, mais d'une question uniquement particulière, personnelle et toute d'humanité. D'ailleurs, jamais un gouvernement quelconque, au moins par respect de soi-même n'en prendrait ombrage; chacun d'eux au contraire, regretterait certainement de ne s'être pas associé à celui de Votre Excellence, et nul doute, surtout, que le gouvernement de Versailles y consente de grand cœur; car, veuille Votre Excellence le remarquer, il est le seul gouvernement qui ne puisse intervenir en faveur de l'archevêque, et, intervint-il, qu'il aggraverait plutôt sa position; mais le gouvernement de Votre Excellence, de concert avec celui de X... et de X..., peut se déterminer à une démarche d'un résultat certainement infaillible; car, malgré leur outrecuidance et leur confiance apparente, les membres de la Commune appréhenderont de blesser des puissances qu'ils ont tout intérêt à ne point irriter. Ne tremblent-ils pas déjà à la pensée seule des terribles sentinelles qui veillent à nos portes du Nord et de l'Est?

J'insiste, Monsieur l'Ambassadeur, parce que je prévois le sort fatal que ces hommes réservent à mon évêque. Si, par impossible, ils étaient vainqueurs, ne fut-ce qu'un jour, plus rien ne les retiendrait, et son sang mêlé à celui de ses compagnons de captivité serait le premier versé. Vaincus, comme ils le seront, ils se reprocheraient, dans leur haine sauvage, de ne pas se venger sur lui. Qu'ils éprouvent seulement un de ces échecs, avant-coureur de leur chute, et vous verrez avec une tardive douleur que la première victime de leur rage sera leur illustre captif. Leur décret sur les otages n'est-il pas d'une sanglante éloquence? Aussi je frémis d'épouvante dans la crainte, même qu'agissiez vous, vous ne vous hâtiez pas. Habitué que vous êtes, Monsieur l'Ambassadeur, à ne rencontrer autour de vous que de grands cœurs et de nobles sentiments, vous ne pouvez supposer, au plus, que des faiblesses dans les autres, et ne sauriez soupçonner des dispositions semblables à celles qui m'effraient; mais, nous, prêtres, qui vivons au milieu de ces bêtes féroces à figure humaine, que nous cherchons à transformer, et dont nous ne pouvons, malgré nos prières et notre dévouement que, rarement, adoucir les instincts brutaux, nous savons que nous avons tout à redouter pour notre premier pasteur, et rien à espérer pour lui de ces hommes, sans une démarche de Votre Excellence et de ses nobles collègues. Pour moi, je le sais d'une manière d'autant plus précise et plus certaine que, huit fois déjà, sans crainte d'être violemment saisi par leurs agents ou par eux-mêmes, je suis allé, malgré mon habit, jusque dans leurs différents repaires, leur demander en face, mais en vain, de pénétrer, devant témoins, dans le cachot de mon évêque, et me mettre à sa disposition s'ils ne voulaient pas le rendre à la liberté.

Certainement, il n'est pas un homme de cœur, pas une nation qui n'approuve la démarche de Votre Excellence, et cette démarche, soyez-en sûr, sera une des plus glorieuses de votre vie, comme une des plus grandes consolations à vos derniers moments : *opera enim illum sequuntur illos.*

Daignez agréer, Monsieur l'Ambassadeur, les témoignages du profond respect avec lequel

J'ai l'honneur d'être,

Monsieur l'Ambassadeur,

de Votre Excellence,

Le très-humble et très-obéissant serviteur,

L'abbé HENRI FÉRON.

Aumônier de l'Hôpital militaire de Bicêtre.

Bicêtre, 13 *avril* 1871.

L'abbé Féron venait de déposer lui-même ces lettres, aux ambassadeurs d'Angleterre, d'Autriche et de Russie, lorsqu'il se rappela que deux de ses amis ont employé jadis dans leur maison l'un des membres de la Commune, le nommé Babick. Il visite aussitôt l'un d'eux, lui exprime son désir de voir Babick et de causer avec lui dans son intérêt. Babick, orné de ses insignes, armé de l'inévitable sabre et de l'indispensable pistolet, vient à Bicêtre où demeure l'un de ses anciens patrons; l'entretien, tout fatigant qu'il est pour un homme intelligent, se passe, sinon sans contradictions réciproques, du moins sans contestations fâcheuses. Dès ce jour, l'abbé comprit que toute conciliation était impossible, et qu'il fallait en arriver à une lutte à mort. — Quand le gouvernement de Versailles nous accorderait *tout ce que nous voulons*, et *plus encore*, nous ne nous rendrons pas, parce qu'*ils* sont tous des fourbes, et que M. Thiers nous reprendrait le lendemain ce qu'il nous aurait donné la veille. Ainsi parlait Babick *au nom* de ses collègues de la Commune. Ce point tristement éclairci, l'abbé Féron propose alors son secours et son aide à notre chef communeux pour les jours malheureux qui ne tarderont pas sans doute; mais, à la condition qu'il l'aidera d'abord en faveur de l'archevêque. Tout est accepté. Seulement il faut en référer à Protot, seul autorisé à cet effet, et dans quelques jours la réponse sera envoyée.

Huit jours se passent et rien n'arrive. Une vaine attente, dans une affaire de dévouement surtout, n'entre pas dans le caractère de notre abbé, et, avec cette intrépidité qui en fait un héros, il se rend à l'Hôtel-de-Ville. Il parcourt la tête haute toutes les salles occupées par ces hordes de bandits, et parvient enfin jusqu'au cabinet de l'illustre Babick. Pendant trois heures d'attente, le troupeau des chefs communeux passe et repasse devant lui, froid,

impossible, dégagé comme il convient à un homme inaccessible à toute crainte.

Cependant l'apparition d'une soutane avait jeté une
émotion profonde au milieu de ces hommes habitués déjà
à voir tout trembler devant eux. Le bruit se répand dans
tous les coins qu'un prêtre, un prêtre en soutane, un prêtre
revêtu de ses insignes, venant de Versailles, a pénétré dans
l'Hôtel-de-Ville. Le conseil de la Commune, réuni en ce
moment, s'en alarme, et bientôt Protot, avec deux de ses
collègues, viennent à lui pour l'arrêter. L'abbé Féron ne
perd ni son calme, ni sa présence d'esprit : il ne se fait
aucune illusion : le moment est critique; sans même se
déranger à leur approche, il reste négligemment appuyé
sur une table; les attend, les écoute; et son imperturbable assurance qui les déconcerte lui rend la liberté.

Bientôt apparaît le *pieux* Régère. Nouvelle obligation
de décliner ses titres et qualités, après quoi la conversation s'engage pacifique en apparence. Régère s'affirme
chrétien, bon catholique, aussi bon catholique que son
interlocuteur. Alors, lui dit l'abbé, puisque vous êtes si
bon catholique, pourquoi nous persécutez-vous? car vous
êtes tous solidaires, et ce que fait la Commune en général
est imputable à chacun de ses membres en particulier.

— Mais, *Monsieur l'abbé*, ce n'est pas aux prêtres que nous
en voulons, c'est aux homme politiques qui abusent de
leur caractère de prêtre... Tenez, il y a quatre mois, je
suis allé voir l'archevêque; je lui ai dit qu'il avait tort de
ne pas suivre le progrès, et que, s'il n'y marchait pas, il
lui *arriverait malheur*. Aussi, ce n'est pas comme prêtre
qu'il a été arrêté, c'est, je vous le répète, comme homme
politique... Voyez, je vais ce soir faire mettre en liberté le
curé de Saint-Jacques du Haut-Pas, qui est de mon
arrondissement, puis, j'irai voir l'archevêque. Eh bien, dit

l'abbé, emmenez-moi avec vous; je venais précisément voir Babick, qui m'avait promis de m'en obtenir l'autorisation; puisque vous êtes si bon catholique, procurez-moi donc cette entrevue en votre présence. Pour cela c'est impossible, je ne puis prendre une telle responsabilité..... Changeant alors de sujet, il ajoute, vous voyez que nous respectons la liberté de conscience, car, à l'instant, on vient de décider en conseil que toutes les églises qui seront louées par les curés (car les églises sont la propriété de la ville et doivent lui rapporter), toutes ces églises seront respectées et on n'y entravera en rien le culte. — Mais il n'y a rien de politique dans les vases sacrés; pourquoi vous en êtes-vous emparés? — Quant à cela, ceux qui ont une véritable valeur artistique nous les rendrons; pour les autres qui sont tout simplement de l'argent, comme le gouvernement en a besoin, nous les porterons à la monnaie.

L'heure s'avançant, notre courageux aumônier, après avoir laissé dans le cabinet de Babick un billet qui annonçait son retour le lendemain de deux à trois heures, regagna, avec son imperturbable assurance, son hospice qu'il ne voulait pas abandonner au hasard des circonstances.

Le voici de retour le lendemain vers deux heures. Une demi-heure s'est à peine écoulée qu'un individu petit, barbu, au nez crochu, à l'œil enfoncé, au visage bilieux et féroce, après être passé plusieurs fois devant lui d'un air inquiet et menaçant, comme la bête fauve qui tourne autour de la victime qu'elle veut dévorer, se décide enfin à l'aborder; car l'aspect, l'attitude, la présence seule d'un homme courageux en impose toujours à ces êtres. A ce moment, l'abbé voit toute la gravité presque désespérante de la situation; mais rien ne trahit en lui ni ses pensées ni ses sentiments : c'est Ferré le cruel, Ferré le sangui-

..., Ferré le cannibale. Un dialogue s'établit. Comment ... vous entré? — D'un air railleur: Par la porte puis, ... elle est toute grande ouverte. — Mais ici? (ici est en ... une espèce de sanctuaire précédant la salle des ..., qui, gardé par une sentinelle, est impénétrable ... profanes). — Je me suis fait accompagner par un planton, et comme une fois arrivé je n'en avais plus ..., je l'ai renvoyé; demandez plutôt à la sentinelle; ... ce disant, il prend Ferré par le bras et le conduit à la ... — Que faites-vous ici? — J'attends un de vos collè- ... — Qui donc? — Babick. — Pourquoi faire? — Pour le voir. — Dans quel but? — Pour lui parler. — Mais que voulez-vous lui dire? — Ceci, c'est mon affaire, et ne regarde que lui et moi. Je lui ai donné rendez-vous de deux à trois heures; il est deux heures et demie, c'est encore une demi-heure que j'ai à attendre. Tant d'intrépi- dité railleuse déconcerte notre sauvage, ses menaces sont écoutées avec un courageux mépris, et la bête fauve est domptée par le sang-froid d'une audace incomparable.

Bientôt Babick apparaît. Des solliciteurs de places, le croirait-on? l'attendent à son cabinet. Pour causer plus à l'aise et ne rien compromettre, l'abbé les laisse passer avant lui. Enfin son tour arrive, il entre. En même temps se présente un *frère fusioniste* de la bande du mystique et halluciné Babick qui, peu d'instants après, est appelé à la salle du conseil, et ne tarde pas à en revenir plus ému, plus troublé que celui-là même qui jouait si témérairement sa vie en venant sans armes et sans défense au milieu de ces Peaux-Rouges. La commission de sûreté générale est réunie. Elle sait qu'un prêtre en soutane recherche Ba- bick depuis deux jours; dès lors Babick est suspect: il est menacé d'accusation s'il ne dit pas ce que lui veut ce prêtre qui, déjà, hier, devait être arrêté. Moins intrépide que l'abbé, il répond qu'il n'en sait rien; que ce prêtre ne lui a pas encore parlé, ayant laissé passer avant lui les personnes présentes; aussi, à son retour, Babick dit à l'abbé qu'il ne peut, sur le refus de Protot, l'introduire auprès de l'archevêque; lui avoue qu'il ne saurait se compromettre davantage pour lui être agréable, et le prie, en conséquence, de ne plus revenir.

Avec son habileté et sa prudence ordinaire, l'abbé prolonge l'entretien. Babick s'afflige de la froideur, de l'indifférence des parisiens, du petit nombre des combattants. Il faut stimuler le zèle des tièdes et ne pas craindre de forcer tout le monde à la lutte, et ce sera. Aussi, dit-il, jamais Versailles n'entrera à Paris. S'*ils* y entraient ce ne serait que sur des ruines, car nous saurons tout *faire sauter ou incendier*, en sorte que, s'*ils* veulent édifier quelque chose, *ils devront tout ré-édifier à nouveau*.

Que ces monstres viennent dire maintenant que ces ruines, ces désastres, ces incendies sont uniquement l'effet de l'exaspération populaire; qu'ils n'en sont ni complices, ni responsables, ni solidaires, et, qui mieux est, qu'il faut les attribuer à l'armée régulière, aux obus de Versailles. Ce témoignage irrécusable de la part d'un homme qui, au prix d'une témérité inouie est allé leur arracher leurs secrets avec une audace et une habileté sans pareille, vient confondre toutes leurs dénégations impudentes. Ceci se passait vers le 20 avril !

Après cet incident, un désastreux marché se prépare en présence de l'abbé. Un Américain met à la disposition de la Commune jusqu'à 10 millions, argent comptant, pour différents objets d'art de nos musées. Ceci regarde le citoyen Ostyn, autre *frère fusioniste* qui apparaît sur la scène; et l'abbé, pressé encore une fois par la fermeture des portes, abandonne la place, laissant ces trafiquants ignobles de la fortune nationale.

Tant de démarches inutiles malgré leur générosité, excitent ses désirs loin de les décourager. Ce qu'il veut maintenant, ce n'est plus seulement voir son évêque, mais le sauver; car, depuis longtemps il sait le sort qu'on lui réserve : il y travaille donc, il s'assure de l'argent, il se prépare des intelligences. Il veut aussi mettre un terme à la profanation des églises : il sait le moyen, unique, infaillible; mais à cause des suites possibles de ces deux nobles entreprises, une grande responsabilité peut peser sur lui, d'autant plus qu'un petit nombre de personnes paraît comprendre la situation dans toute sa gravité. Il lui faut donc l'assentiment indéniable de son évêque, et, pour cela, pénétrer jusqu'à lui et le voir; autrement, rien ne se peut faire : la prudence s'y oppose.

Il retourne donc à la Préfecture deux ou trois fois encore. Toujours il y rencontre ou la même fin de non recevoir, sous prétexte du secret auquel serait soumis l'archevêque, ou la raison que Raoul Rigault est à l'Hôtel de Ville. C'est alors qu'au lieu de se présenter en solliciteur, il ose se montrer un censeur mécontent et demande comment il se fait que ceux qui se sont établis magistrats de la Commune soient, comme Madame Benoiton, toujours invisibles, lorsqu'on a besoin de leur parler : qu'il faudrait pourtant savoir à quoi s'en tenir une fois pour toutes. J'avoue qu'il faut un genre d'esprit particulier, un bien grand mépris de la vie ou de la mort, comme vous le voudrez, pour agir ainsi, alors que la liberté et la vie de chacun, des prêtres surtout, ne tenaient qu'à un fil, à un caprice, à un regard, à un mouvement mal compris d'un idiot ou d'un homme ivre.

Pendant une de ces visites, un garçon de bureau, honnête et fidèle serviteur du gouvernement légal, resté à son poste obscur qui ne le compromettant en rien, lui permettait de rendre de véritables services aux particuliers et à l'Etat, conjure l'abbé de ne pas demeurer plus longtemps, de s'éloigner au plus tôt, dans la crainte, surtout, d'un certain capitaine de la garde nationale qui ne manquerait pas de se saisir de lui avec bonheur. L'abbé lui répond qu'il ne craint pas plus le capitaine que les membres de la Commune, mais que, puisqu'il ne peut parler à Raoul Rigault, il lui est inutile de rester, et qu'il va se retirer. Il y avait quelques minutes qu'il causait en dehors lorsqu'on lui montre avec effroi le terrible capitaine. Fuir était peut-être possible, mais c'était plus certainement fixer sur lui l'attention de ses ennemis, les attirer après lui : il le comprit ; et puis, allez donc parler de fuir à l'aumônier de Bicêtre ! Loin de s'éloigner, il va à lui. — Pourriez-vous me dire si je pourrais voir Raoul Rigault ? — Non : il est à l'Hôtel de Ville..... Mais, que lui voulez-vous ? Toujours la même parole laconique et railleuse : lui parler. — Que lui voulez-vous donc ? — Cela ne regarde que lui et moi. Du reste, vous me dites qu'il n'y est pas, cela me suffit, je ne vous en demande pas davantage ; je vous salue.

Stupéfait de tant d'audace, ce prétrophobe aux regards perçants, à la figure blafarde, au visage en lame de couteau, laisse, non sans murmurer, se retirer tranquille notre prêtre intrépide, qui emploie les quelques jours qui suivent à se procurer des intelligences dans Mazas même.

Il en voit le directeur communeux ; il se l'attache, il en espère tout ; cependant il ne peut pénétrer ce jour là même auprès de l'archevêque ; les précautions ne sont pas assez prises et *les purs* veillent. Il faut donc attendre. — Mais quand il reviendra, le directeur trop bienveillant pour

... sera changé; un vrai monstre le remplacera, ... que l'abbé devra se croire heureux d'avoir échappé ... ... et d'avoir vu s'ouvrir devant lui les portes de ce terrible asile.

De Meaux, il part pour Versailles, par Saint-Denis, pour ... les puissants au sort de son évêque et pour ... l'annonce du marché infâme de dix millions com... ... en sa présence; surtout, pour prévenir des inten... ... de ruines et d'incendies projetés par ces sauvages. Je ne dirai qu'un mot: c'est qu'il était un personnage trop ... pour être écouté. Il revient triste, presque décou... ...; mais résolu plus que jamais cependant à poursuivre ses démarches aux dépens de sa vie.

Le hasard lui fait rencontrer un ami de Léo Meillet. Vite il s'en empare, et, dès le lendemain, accompagné de son introducteur, le voici, toujours en soutane, à la fameuse mairie du XIII° arrondissement. En abordant ce membre du Conseil des Cinq, du comité de Salut public, il lui dit: Déjà je suis allé plusieurs fois en vain à l'Hôtel-de-Ville et à la Préfecture pour obtenir l'autorisation de voir mon évêque, même devant témoins; j'ai pensé que, comme membre du comité de Salut public, vous étiez tout-puissant, et votre ami m'a dit que votre droiture m'accorderait ce que je viens vous demander au nom de la liberté de conscience que vous proclamez. — Oh! je vous connais bien, dit-il, vous avez fait assez parler de vous à la Commune par votre audace; mais passons..... J'y vais franchement : service pour service. Vous irez porter à Mac-Mahon une lettre que nous irons ensemble demander à l'archevêque pour réclamer le corps de mon ami Duval. C'est ma condition; c'est à ce prix seul que vous verrez l'archevêque. — Y consentez-vous? — Volontiers. — Eh bien, je vous ferai prévenir. Sur ce, on se quitte.

Dans le courant de ce même jour, le pseudo-général Lissagaray, flanqué d'un second délégué de la Commune, se présente à l'hospice de Bicêtre; et, après inspection faite en détail, il déclare au commis chargé de surveiller la maison en l'absence du directeur que, le surlendemain, il enverra de dix à quinze mille gardes nationaux pour y former un camp retranché. Tous les arbres seront coupés à ras de terre pour faciliter l'installation des tentes de campement; tous les murs seront crénelés, et la belle église servira de magasin d'habillement.

L'aumônier apprend par hasard cette visite et ses résultats. Par prudence, il sait ne pas manifester l'émotion dont il est saisi; mais il a résolu aussitôt d'empêcher l'accomplissement de ces destructives mesures.

Dès le lendemain matin, il retourne, seul cette fois, auprès du terrible proconsul pour s'opposer à un tel vandalisme. Il sait bien qu'il va de nouveau rencontrer l'ignoble Cérizier, celui qui devait être l'égorgeur des pauvres dominicains; n'importe: il croit de son devoir de veiller au salut de la maison et de ceux qui l'habitent, et il n'est pas d'un caractère à reculer devant le péril.

Il aborde Léo Meillet avec l'aisance que donne le courage. Au lieu de combattre en face et directement les résolution de la Commune, ce qui aurait suffi pour précipiter leur exécution; il lui fait comprendre habilement et avec douceur que, sa maison étant empestée par les dix mille soldat varioleux qu'il a soignés jusqu'ici. Les dix ou quinze mille garde nationaux tomberont bientôt à leur tour, ou frappés mortellement, ou du moins assez gravement indisposes pour convertir ce camp improvisé en une véritable ambulance. Or, c'est un renfort de combattants qu'il désire, et non pas un hôpital.—Puis, il le raisonne sur la mauvaise position stratégique de l'hospice, et il conclut à un sursis pendant lequel on assainira la maison.

Léo Meillet, séduit par son interlocuteur, reconnaît que Lissagaray est un fou (l'abbé avait eu le courage de l'appeler cerveau brûlé) et ses projets une folie; aussi, les choses resteront en l'état. Toutefois, lui, Léo Meillet, qui n'abandonne pas entièrement ce projet, fera auparavant assainir la maison; et, pour éviter tout embarras, il va prendre le gouvernement du fort de Bicêtre, d'où il veillera sur l'hospice.

L'abbé gagne donc du temps, au moins trois semaines, un mois : c'est tout ce qu'il voulait, et il se retire. — Mais non content de cette parole du terrible et puissant maire-gouverneur-communeux, il a l'audace de se faire autoriser par lui à refuser, quoiqu'il put lui en advenir, la porte de la maison à quiconque voudrait s'y installer, fut-il membre de la Commune, sans un billet signé de Léo Meillet, membre du comité de salut public.

L'établissement était sauvé..... et c'est à son digne aumônier que l'administration doit la conservation parfaite de ce précieux asile.

Quelques jours après, le fameux docteur Rastoul vient faire une inspection sanitaire, par ordre; puis, d'autres, *ejusdem farinæ* lui succédèrent à différentes reprises, et tout se borna là. Versailles vint achever ce qu'avait commencé l'abbé Féron.....

Celui-ci attendait toujours en vain le résultat des propositions de Léo Meillet; mais la veuve Duval refuse d'avoir recours à l'archevêque et à un prêtre. Il se décide donc à tenter encore à Versailles une démarche en faveur de son évêque. Démarche inutile. Il en revient navré, car il sent approcher le dénoûment sanglant annoncé à des incrédules, et détaillé, depuis un mois, comme une page d'histoire, dans ses lettres prophétiques.

Mais un nouveau crime se prépare, multiple, et digne des Peaux-Rouges qui n'auraient pas osé le commettre.

Les dominicains d'Arcueil qui s'étaient dévoués pour soigner, pendant le siége, les défenseurs de la patrie, et, sous la Commune, les malheureux égarés de la révolte, voient un jour leur maison envahie par des bandes ivres de vin, de pillage et de haine. Vingt religieux, professeurs ou domestiques, sont conduits au fort de Bicêtre, enfermés dans des casemates dignes de forçats et de bandits, sans soins aucuns et sans nourriture pendant plusieurs jours.

L'aumônier de l'hospice veut les sauver, les visiter du moins : il n'y gagne qu'à échapper à grande peine à la fusillade de la part du bataillon de Vaugirard.

Après diverses démarches infructueuses où, chaque fois, sa vie, plus que menacée, ne tient qu'à un fil, notre digne abbé tente, le 23 mai, une dicisive démarche auprès du gouverneur du fort. C'est au milieu de ses officiers et le pistolet au poing que celui-ci le reçoit ; mais notre prêtre héroïque ne s'intimide nullement. Cependant, malgré son audace, il n'en peut rien obtenir ; bien plus, arrêté en sortant par ces fédérés indisciplinés qui méconnaissent la voix de leurs chefs devenus suspects, peu s'en faut qu'il soit fusillé sur le champ : c'est pour la troisième fois que, en ce même lieu, il est menacé d'un tel sort, et ne doit son salut qu'aux gardes nationaux du quartier.

Le lendemain mercredi, notre héros incomparable, témoin désolé des incendies de Paris, n'y peut tenir, et il veut tenter une suprême et dernière démarche. On sait dans l'hospice sa résolution : on dit qu'il va à la mort, et

.... les ..... sont à lui, on s'attacha à sa soutane
.. détourner de son projet, on l'entoure, on le presse,
.... conjure de n'être point téméraire ; mais il est iné-
...... comme les grands cœurs en face du devoir, sur-
... dans l'accomplissement duquel il y a un péril évi...

...... une fois il entre au fort ; il veut voir Léo
.... Au bout de quelques instants il est introduit par
... ... officiers insurgés dans une salle où se trouve un
...... préparé pour une vingtaine de personnes. Brisé,
......, consterné, Léo Maillet, étendu sur deux chaises,
prétexte une grande fatigue qui lui impose quelques ins-
..... de repos ; alors notre vénérable aumônier, s'inspi-
.... de son cœur et de son courage, se montre l'ange tout
à la fois et de la justice et de la miséricorde.

Paris brûle, lui dit-il, le monde tout entier vous en fera
responsable ; vous êtes donc perdu avec la cause pour
laquelle vous vous êtes sacrifié, vous le voyez. Eh bien,
je viens de nouveau vous offrir en ce moment encore une
planche de salut pour vous et votre femme que vous ne
pouvez abandonner : rendez-moi l'archevêque, amenez-le
chez moi, et je vous réponds, en son nom et sur mon
honneur, de la vie, de la liberté même pour vous et
votre femme ; vous, membre de la Commune, vous le
pouvez si vous le voulez ; hâtez-vous.... Venons ensemble
à Mazas.

— N'y songez pas ; il y a trop de danger à traverser
Paris. — Le danger ! Croyez-vous donc que je le craigne ?
Je n'ai peur ni des balles, ni des boulets, ni des obus ;
seulement, venez, venez....

— Il est trop tard ! L'archevêque doit être en ce moment à Vincennes.... tout ce que je puis faire, c'est de le
recommander au colonel de la 12e légion qui est grave-

ment compromis : j'espère que cela lui servira. — De nouvelles instances sont aussi inutiles et paraissent fatiguer le barbare.

— Puisque, dites-vous, il est trop tard pour me rendre mon évêque, donnez-moi au moins les religieux dominicains qui sont ici : j'ai des cellules dans mon hospice, ce sera un soin de moins pour vous, je les garderai, et vous en réponds sur ma tête. Faites au moins cela, et au moment critique pour vous, ils seront les premiers, comme moi, à vous protéger et à vous défendre ; pensez à votre salut et à celui de votre femme : ne soyez pas de pierre.

— Je ne puis encore : ce sont les prisonniers du général Wrablowski ; lui seul en peut disposer..... Seulement, avant de *faire sauter* le fort, si la défense m'y oblige, je vous promets de les mettre en liberté, ils iront où ils voudront ; pour moi, je ferai mon devoir de soldat, et je pars pour aller à la défense de mon arrondissement qui est envahi. C'est en vain que vous insisterez.

Comme toutes les précédentes, cette suprême démarche faillit n'avoir d'autre résultat que d'amener, pour prologue au drame du lendemain, l'assassinat de ce prêtre courageux sur lequel se jetèrent les forcenés de Vaugirard et les mégères de ce bataillon de sauvages. — On sait que le lendemain le féroce Cérisier fit massacrer les pauvres religieux, dont les survivants se sont fait un devoir de témoigner leur gratitude à ce généreux quoique impuissant confrère, dans leur brochure en l'honneur de ces chers martyrs.

Il était huit heures quand l'abbé entra au fort de Bicêtre : il en sortait à neuf heures. Dans cet intervalle avait lieu, comme on le sait, le massacre des ôtages, transferrés à la Roquette et non à Vincennes comme le croyait Léo

Meillet, mécontent, du reste, de ses collègues, plus occupés, disait-il, à faire leurs malles qu'à songer à la défense.

Le lendemain matin, le fort de bicêtre, au lieu de sauter, était abandonné, sans être même attaqué, et occupé bientôt par une poignée de braves lignards. Le pourfendeur Léo Meillet, intrépide loin du danger, avait jugé prudent de chercher un asile auprès d'un sien ami qui devait lui faciliter un refuge chez une nation où n'a pas encore pénétré la civilisasion; car, c'est là, seulement, que de tels hommes se peuvent enfuir : ils sont dans le milieu qui leur convient, et ils se jugent eux-mêmes aux yeux du monde.

Une fois les troupes régulières au fort de Bicêtre, les communards n'inspirant plus aucune crainte aux habitants paisibles des environs, notre abbé rentre dans le calme de sa vie hospitalière. Mais, je ne puis m'empêcher de louer et d'exalter cet homme qui, sans autre défense que son courage et son intelligence, s'en va affronter, comme les martyrs d'autrefois, ces bêtes féroces, aussi terribles que celles des arènes de l'empire romain. Je l'ai dit, et nos lecteurs l'ont vu : il brave à maintes et maintes reprises les dangers les plus évidents; son courage est poussé jusqu'à la témérité; son audace n'a point de bornes; son étude des hommes lui a fait connaître que ces sauvages, je tiens à le répéter, sont aussi lâches que féroces ; et, avec une habileté qui dénote un homme supérieur dans une position obscure, au-dessous de ses mérites, il sait confondre ces barbares, les étourdir par son audace, les séduire par son intrépidité, neutraliser leurs instincts sanguinaires, paralyser leurs emportements habituels et les réduire à l'impuissance par son calme, son énergie, ce je ne sais quoi qui commande le respect et la terreur à ceux là même qui ne respectent rien et devant qui tout tremble et frémit.

Il avait compris, ainsi que tout homme d'honneur que, comme le soldat placé en sentinelle, le prêtre ne doit, ne peut, sous aucun prétexte, abandonner son poste. Malheur à ceux qui ne l'ont pas compris comme l'illustre archevêque de Paris! S'il eut eu plus d'imitateurs, peut-être aurions-nous évité bien des malheurs. La fuite, pour le prêtre est une désertion; le déguisement une espèce d'apostasie. Or, les déserteurs et les apostats perdent les nations.

Il avait compris qu'il ne lui était pas plus permis qu'au temps de l'épidémie de fuir le danger : il ne voulait pas être le vaniteux mercenaire qui, en temps de paix, recueille honneur et profit, pour se cacher au moment du péril et reparaître de nouveau aux jours du calme. Comme un intrépide soldat qui se glorifie de ses insignes, lui, se faisait un honneur dangereux d'un habit dont il personnifiait le mystérieux symbole, sans vouloir jamais ni s'en séparer ni montrer rien dans sa personne qui lui facilitât un travestissement à un moment donné, et l'empêchât d'être reconnu. Pour lui, tout déguisement était une lâcheté. Or, le prêtre, pour être vraiment prêtre, doit être un modèle de courage comme de toutes les autres vertus.

Il n'est personne qui ne le comprenne; aussi est-ce à ce sentiment qu'il doit, certainement, d'avoir pu dompter en face ces natures farouches au milieu desquelles il passait si souvent, soit dans les environs de sa demeure, et à longue distance, où le poursuivait l'estime qu'il s'était depuis longtemps conciliée, soit au milieu des rues de Paris qu'il parcourait en tout sens comme d'habitude, où, inconnu cependant, il savait, par son aspect digne et calme, et par la douceur jointe à une noble fermeté que révélait son regard, inspirer à tous un respect tel que, durant ces jours néfastes, ni les plus ardents fédérés, ni des hommes ivres de poudre et de vin, ne songèrent à l'outrager publiquement. Et cependant, il est notoire qu'à la barrière d'Italie, bien loin de flatter ces misérables, constamment il leur parlait avec une autorité, une assurance et des menaces même devant lesquelles les plus hardis devenaient souples et respectueux, et bien loin aussi que sa dignité d'homme et de prêtre fut jamais compromise, il exigeait avec une noble fierté tous les égards qui lui étaient dûs.

Malgré l'inutilité de ses démarches et l'impuissance de ses efforts, aussi vains et non moins généreux que ceux de du Maître Rousse, l'illustre bâtonnier, il n'en reste pas moins acquis pour l'honneur de Paris qu'il s'est trouvé un prêtre qui, malgré les dangers dont il était menacé sans cesse, a regardé la fuite comme une lâcheté, et qui, plus est, a joué pour ainsi dire avec la mort pour sauver l'illustre martyr abandonné par ceux qui furent autrefois ses clients et ses amis. Traverser alors Paris en soutane, aller disputer à ces fauves leur victime, et aller jusque dans leurs antres, non-seulement en soutane, mais avec les insignes de l'armée de Versailles, c'était, on doit l'avouer, plus que du courage ; et il faut, pour de telles choses, une de ces âmes pleines de foi, de dévouement, et trempées comme il ne s'en trouve qu'à de rares intervalles dans la vie. Aussi était-il le seul dans ces rues de Paris tout ensemble mornes et agitées, et se le montrait-on du doigt comme un phénomène et un prodige.

Je m'arrête malgré le bonheur que j'éprouve à parler d'un tel homme, et j'espère en avoir dit assez pour que mes lecteurs partagent l'admiration sans bornes que m'a inspirée sa conduite héroïque. Nous devons remercier la Providence qu'une de ces brutes avinées n'en aient pas fait un martyr, car nos pauvres peuples et nous-mêmes, nous avons besoin plus que jamais des prédications et des exemples de tels prêtres dont le courage, joint à une véritable intelligence, nous le voyons, n'est au-dessous d'aucun, et égale les plus grands courages, comme les plus sublimes dévouements.

Saint-Germain-en-Laye. — Imp. Th. LANCELIN, rue de Paris, 27.

www.ingramcontent.com/pod-product-compliance
Lightning Source LLC
Chambersburg PA
CBHW061605180626
46818CB00005B/1966